ALERTE ! ANIMAUX EMPOISONNÉS

Sophie Azadie

Illustrations :

Cédric Babouche et Julie Rouvière

playBac

Boris & Kim
Barnabé
Charles

La famille
BALANCHINE
Jeanne
Clovis
Vénus
Monsieur

La famille BALANCHINE

Boris, le papa. Journaliste (et un peu espion… mais chuuuut !). C'est le père de Clovis, Charles et Vénus (qu'il a eus avec Kim) et de Jeanne (qu'il a eue avec sa première femme). C'est le beau-père de Barnabé.

Kim, la maman. Pas très organisée et assez trouillarde, elle fait la classe aux enfants, comme une vraie maîtresse. C'est la maman de Clovis, Charles et Vénus (qu'elle a eus avec Boris) et de Barnabé (qu'elle a eu avec son premier mari). C'est la belle-mère de Jeanne.

Barnabé, 11 ans, en CM2. C'est le fils de Kim et le beau-fils de Boris. Passionné par les maths et les expériences scientifiques qui tournent parfois à la catastrophe. Il se sépare rarement de son mini-ordinateur portable. Sa phrase fétiche : « Y a du WiFi[1] ? »

Jeanne, 10 ans, en CM1. C'est la fille de Boris et la belle-fille de Kim. Grande râleuse, sa famille la surnomme la « princesse Ronchon ». Elle déteste la campagne, la verdure et ne se sépare JAMAIS de son téléphone portable !

Vénus, 9 ans, en CE2. C'est la fille de Boris et de Kim. Un peu casse-cou, vive et curieuse, tout la passionne ! Sa phrase fétiche : « Génial ! J'adoooore cet endroit ! » (partout où elle arrive).

Charles, 8 ans, en CE1. C'est le fils de Boris et de Kim. Passionné par la nature, les animaux, il ne se sépare jamais de Zig et Zag, ses escargots (avec qui il entretient de grandes conversations).

Clovis, 7 ans, en CP. C'est le petit dernier de Boris et de Kim. Gourmand et mélomane[2], il adore chanter et sauter dans les flaques de boue. Sa phrase fétiche : « J'suis plus un bébé ! »

Monsieur, 5 ans. C'est le « sage » de la famille. Il garde toujours un œil sur les enfants !

1. Le WiFi permet d'avoir Internet sans fil, où qu'on soit.
2. Être mélomane : aimer la musique.

INTRODUCTION

« Ah ! Je suis sûr qu'il va encore nous arriver une histoire pas possible ! Mais pourquoi ne m'écoute-t-on jamais ici ? C'est fou, ça… Je grogne et… rien !

Hein ? Quoi ? Ah ! mais bien sûr… Que je suis idiot, je n'ai pas fait les présentations : je suis Monsieur, le chien maxi-affectueux, méga-

intelligent et ultra-obéissant des Balanchine. Belle petite famille, non ?

Et vous ne devinerez jamais où nous habitons depuis six mois… Dans un camping-car et une caravane[3] !

C'est Boris, le papa, qui a eu l'idée d'emmener tout le monde pour un grand tour de France et d'Europe. C'est vraiment formidable de vivre dans une maison à roulettes : on voit du pays, on se fait des tas de copains, on mange des trucs délicieux… J'adooooore ! Les enfants aussi se régalent : ils visitent plein de beaux endroits et font des tas de chouettes balades ! Et l'école ? C'est Kim, la maman, qui s'en occupe : chaque jour, elle fait la classe à toute la tribu. Les enfants sont très contents de leur professeur !

3. Une caravane a besoin d'être tirée par une voiture pour avancer ; pas un camping-car qui contient un moteur et un volant.

Boris, lui, travaille beaucoup : il est journaliste et aussi un peu… espion ! Mais chuuuuut… Je suis le seul à être au courant !

Même Kim n'en sait rien… Heureusement, car elle est très trouillarde ! Elle a tout le temps peur qu'il n'arrive quelque chose aux enfants. Il faut dire qu'ils se mettent toujours dans des situations difficiles. Alors, pour la rassurer, je bosse dur : je fais le chien de garde ! Et comme je suis un poil anxieux de nature, j'essaie de ne pas les quitter des yeux. Autant dire que c'est mission impossible car ils bougent tout le temps.

Mais, depuis quelque temps, c'est le calme plat. Bizarre… Pourtant je sens qu'on ne va pas tarder à connaître de nouvelles aventures. Ben oui, côté flair, je m'y connais… »

CHAPITRE 1

La surprise

– Un requin ! crie Charles, il vient droit sur nous !

Son hurlement fait sursauter toute la famille Balanchine, occupée à ramasser des crabes et des coquillages sur la plage. Clovis, le petit dernier, lâche le cerf-volant avec lequel il joue.

– Venez vite ! dit-il, il ne faut pas rester là, sinon le requin va nous dévorer !

Vénus, sa grande sœur, hausse les épaules.

– N'importe quoi ! marmonne-t-elle. Des requins en Bretagne*…

*** Des requins en Bretagne ?**
Contrairement à ce qu'affirme Vénus, c'est tout à fait possible ! Les requins ne vivent pas uniquement dans les mers chaudes et tropicales, et de nombreuses espèces fréquentent les côtes françaises.

– Poisson d'avril ! s'exclame Charles en éclatant de rire.

– Hein ? On est au mois de juin ! remarquent en chœur Jeanne et Barnabé, les deux aînés. Tu retardes !

– Ah zut alors ! Pourtant, ce sont Zig et Zag qui me l'ont dit… Je crois qu'ils ne savent pas encore bien lire le calendrier ! Il faudra que je leur apprenne.

– Charles, tu nous embêtes avec tes escargots ! l'interrompt sa mère. Ces bestioles ne savent ni parler, ni lire, alors arrête de raconter des bêtises !

– C'est sûr qu'ils ne sont pas très malins ces animaux baveux, renchérit Vénus. Notre chien, Monsieur, l'est bien plus qu'eux ! Tu n'es pas d'accord Charles ? demande-t-elle en faisant un clin d'œil à son frère.

– Ce n'est pas vrai ! s'énerve Charles. Zig et Zag sont très intelligents !

– Bon, on se calme ! tranche Boris, le papa. D'ailleurs, à propos de requins, j'ai une surprise pour vous !

Tous les enfants se taisent, impatients d'en savoir plus.

– Cet après-midi, nous allons visiter Océania. C'est un immense aquarium où vous pourrez voir des piranhas, des raies, des carpes… Et même des otaries et des manchots !

– Génial ! se réjouit Charles. J'espère qu'il y aura des baleines !

– C'est impossible ! répond son père, ces animaux sont beaucoup trop gros pour rentrer dans un aquarium !

– On pourra se baigner avec les poissons ? demande Clovis.

– Tu ne sais même pas nager ! se moque Jeanne, la cadette[4].

– Et Monsieur ? s'inquiète Vénus.

– Les animaux ne sont pas admis à Océania, répond son père, il gardera le camping-car !

– Pas de chien, NI D'ESCARGOTS ! insiste Kim en regardant Charles droit dans les yeux. C'est bien compris ?

4. Cadette : enfant qui vient juste après l'aîné(e).

FRANÇAIS

1

Entoure les animaux que Charles va voir à Océania.

des piranhas – des koalas – des mulots – des raies – des carpes – des otaries – des pigeons – des renards – des manchots – des wapitis.

2

Replace ces signes de ponctuation dans le texte :

. . , , , ? ! !

A. Cet après-midi ..... la famille Balanchine va visiter Océania .....

B. Ils vont voir des piranhas ..... des raies ..... des phoques et des otaries .....

C. Clovis demande : « Est-ce que je pourrai me baigner avec les poissons ..... »

D. Jeanne répond : « N'importe quoi ..... Tu ne sais même pas nager ..... »

MÉMO 5

3

Dans ce tableau, souligne tous les verbes et entoure la première lettre de chacun d'eux.

otarie	aimer	tunnel	creuser
hésiter	pique-nique	énorme	obéir
terminer	malade	nager	escargot
virus	marcher	requin	directeur

Remets les lettres entourées dans l'ordre et trouve le nom d'un animal d'Océania.

....

MATHS

4

Charles est trop pressé d'aller à Océania : il a oublié de faire cet exercice !
Relie le nombre écrit en chiffres au nombre écrit en lettres et à l'addition correspondante.

899	trois-cent-soixante-et-onze	700 + 60 + 9
305	trois-cent-cinq	800 + 90 + 9
769	sept-cent-soixante-neuf	300 + 70 + 1
371	huit-cent-quatre-vingt-dix-neuf	300 + 5

MÉMO 9

5

MÉMO 20

Ce matin, Charles a un emploi du temps chargé ! **Complète ces pendules en dessinant en rouge la petite aiguille des heures et en bleu la grande des minutes.**

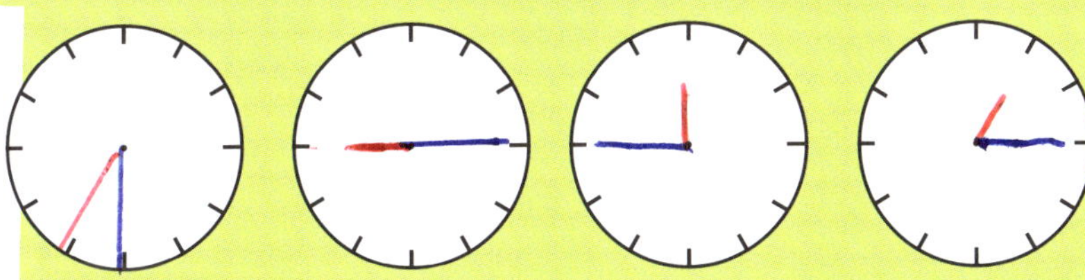

7 h 30	9 h 15	11 h 45	13 h 10
réveil	travail scolaire	balade sur la plage	départ pour Océania

QUIZ

6

Coche la bonne réponse.

Quel est le plus gros animal vivant sur notre planète ?

- ◯ **A.** L'éléphant.
- ◯ **B.** Le requin.
- ☒ **C.** La baleine.

CHAPITRE 2

Une mystérieuse épidémie

Après un agréable pique-nique à côté du camping-car, les Balanchine se dirigent vers Océania. À l'entrée, ils restent un moment désappointés[5].

– Regardez cette affiche ! s'écrie Vénus. Le spectacle d'otaries est annulé !

– Le bassin des manchots* est fermé, continue à lire Charles, et celui des phoques aussi. C'est vraiment dommage !

* Même si les **pingouins** et les **manchots** sont des oiseaux qui se ressemblent beaucoup, ils appartiennent à deux familles différentes. Les premiers vivent dans l'hémisphère Nord et volent, alors que les seconds, visibles uniquement dans l'hémisphère Sud, sont incapables de voler mais nagent et plongent très bien !

5. Être désappointé : être à la fois surpris et déçu.

– Les animaux ont peut-être attrapé un dangereux virus, dit Barnabé.

– Ou alors ils se sont tous échappés ! propose Clovis.

– Bizarre, bizarre… constatent ensemble Kim et Boris. On va se renseigner !

À l'accueil, personne ne peut rien leur dire.

– Le directeur est dans le tunnel aux requins, demandez-lui ! bafouille l'hôtesse, visiblement gênée par leur question.

La visite commence, les enfants sont ravis !

– J'adore les hippocampes ! s'exclame Jeanne. On dirait des mini-chevaux sans pattes.

– Et là, ces grosses méduses brillantes… Elles sont vraiment horribles ! dit Barnabé.

CHAPITRE 2

– Moi, mes préférés, ce sont les bernard-l'hermite ! affirme Charles, le nez collé à un aquarium.

– Normal, glousse Vénus, ils ressemblent à tes escargots !

Au moment où les Balanchine pénètrent dans le tunnel aux requins, ils croisent le directeur d'Océania. Celui-ci a l'air totalement anéanti[6]...

– C'est affreux ! explique-t-il. Depuis trois jours, les otaries, les phoques et les manchots tombent mystérieusement malades... Je suis très inquiet pour eux.

– Le vétérinaire les a examinés ? demande Kim.

– Bien sûr ! répond le directeur. Lui non plus ne comprend pas ce qui se passe.

– Vous pensez que c'est grave ? interroge Boris.

---

6. Être anéanti : être complètement brisé par une situation.

– J'en ai bien peur… Les pauvres bêtes ont d'horribles boutons, elles bavent et, en plus, elles sont complètement endormies. Soit c'est un virus, soit quelqu'un empoisonne tous mes pensionnaires[7] !

7. Pensionnaires : ici, on parle des animaux hébergés et nourris par Océania.

1

Coche la bonne réponse.
À Océania, quels animaux sont malades depuis trois jours ?

- ◯ **A.** Les requins, les carpes et les manchots.
- ☒ **B.** Les otaries, les phoques et les manchots.
- ◯ **C.** Les dauphins, les méduses et les otaries.

2

Il y a plein d'erreurs sur l'affiche à l'entrée d'Océania.
Trouve les 2 affiches correctes.

(A) Le spectacle d'otaries est annulé.

(B) Manchots bassin le est fermé

C L'aquarium marche pas pour phoques

D Océania est ouvert tous les jours !

3

Aide Charles à faire cet exercice.
Complète les phrases avec les mots suivants.

Hier – Aujourd'hui – Demain.

Demain, le camping-car reprendra la route.
Hier, Vénus et Charles ont pêché des crevettes.
Aujourdhui, les Balanchine visitent Océania.

MÉMO 8

4

Complète les additions en ligne et en colonne de ce tableau. Mais avant, pose et effectue les opérations sur une feuille de brouillon !

MÉMO 11

23	+	12	+	67	=	**102**
+		+		+		+
156	+	32	+	27	=	215
+		+		+		+
10	+	34	+	6	=	50
=		=		=		=
189	+	78	+	80	=	367

5

MÉMO 19

La visite à Océania coûte 12 € par adulte et 5 € par enfant, soit 49 € pour toute la famille. Pour payer, Boris sort de son porte-monnaie 3 billets et 2 pièces. **Dessine-les.**

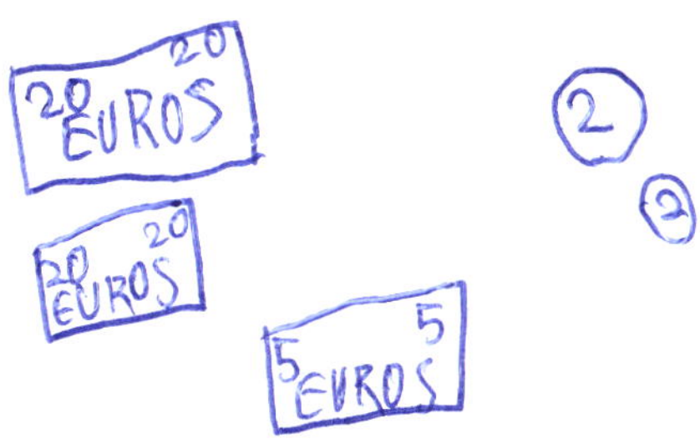

6

Voici le panneau d'entrée à Océania ! **Avec ton équerre, cherche les angles droits à l'intérieur de la figure et marque-les d'un carré rouge.**

CHAPITRE 3

« Mon sac a disparu ! »

– Trop bien, les requins ! s'exclame Charles en sortant du tunnel. Eux, au moins, ils sont en bonne santé !

– Tu as vu leur mâchoire ? dit Barnabé. Si jamais quelqu'un empoisonne les animaux, je comprends qu'il ne s'approche pas des requins. Ils font trop peur avec leurs grandes dents !

– On va où maintenant ? demande Vénus, impatiente de poursuivre la visite.

– Au bassin tactile ! répond Jeanne.

– C'est quoi ? demande Clovis.

– Un endroit où tu pourras toucher de gros poissons !

– Moi, je vous laisse un moment, annonce Boris, je vais enquêter sur cette histoire d'animaux malades…

Quelques minutes plus tard, Charles pousse un petit cri étouffé.

– J'ai oublié mon sac à dos dans la salle où il y a les bernard-l'hermite* !

*** Le bernard-l'hermite** est un crustacé qui n'a pas de carapace sur le corps. Alors, pour se protéger, il s'installe dans les coquilles vides qu'il trouve autour de lui. Comme il grandit vite, il doit changer souvent d'abri !

– Quelle tête en l'air ! soupire sa mère. File le récupérer…

À toute allure, le garçon retraverse le tunnel aux requins.

CHAPITRE 3

– Oh non, constate-t-il en arrivant devant l'aquarium, mon sac a disparu... et Zig et Zag sont dedans !

Au bord des larmes, Charles cherche dans tous les coins. Il regarde sous les bancs et jette même un œil dans le bassin des tortues. Rien...

– Mes pauvres escargots doivent croire que je les ai abandonnés ! se lamente-t-il.

Complètement désemparé[8], Charles fonce à l'accueil. Mais personne n'a rapporté le précieux sac à dos.

« Quelqu'un a dû le ranger quelque part... pense-t-il en retournant vers l'aquarium. Je dois absolument le retrouver ! »

Bien décidé à fouiller partout, Charles pousse une porte. Malgré l'affiche « local technique – accès interdit », il pénètre dans la pièce. Il n'y a personne, et le garçon en profite pour

8. Être désemparé : être inquiet, ne pas savoir quoi faire.

inspecter les lieux. Au premier coup d'œil, il ne trouve rien, la salle est juste encombrée de cartons d'aliments pour animaux. Soudain, sous un placard, il aperçoit une petite boîte contenant des granulés rouge vif.

– Brrrr… Pas de doute, avec cette tête de mort sur l'étiquette, c'est sûrement du poison !

FRANÇAIS

1

Dans le local technique, Charles trouve une boîte de granulés rouges.
Quel dessin figure sur l'étiquette ?

Une tête de mort.

2

MÉMO 1

Souligne en bleu les phrases affirmatives et en rouge les phrases négatives.

Les requins sont en bonne santé. Ils ne sont pas malades ! Au bassin tactile, Clovis joue avec les poissons. Charles ne retrouve pas son sac à dos. Il est inquiet car Zig et Zag sont à l'intérieur.

3

L'exercice de Charles est tout déchiré ! **Reconstitue les phrases en reliant les deux parties.** Petit coup de pouce : repère si le verbe est au singulier ou au pluriel.

A. Le requin • • **1.** est horrible !
B. Les enfants • • **2.** ai une surprise pour vous !
C. Cette méduse • • **3.** a une mâchoire terrible !
D. Les otaries • • **4.** sont ravis de visiter l'aquarium.
E. J' • • **5.** ont des boutons partout.

MATHS

4

MÉMO 18

Complète la partie droite de la grille symétriquement au trait rouge.

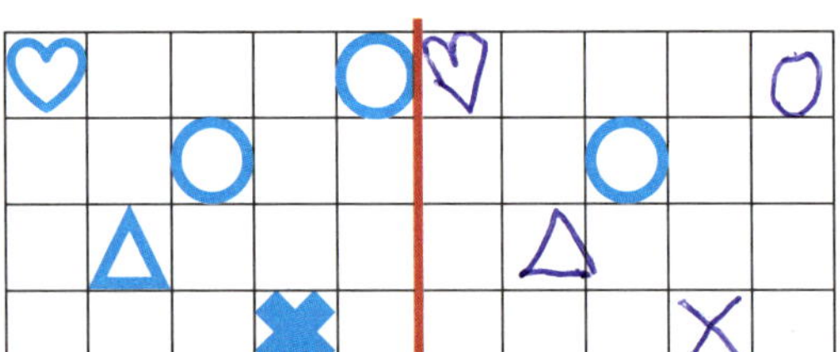

Aide : regarde l'exemple déjà dessiné !

MATHS

5

Gilles est soigneur à Océania. Chaque jour, il doit nourrir les quatre otaries. C'est un vrai casse-tête car toutes ne mangent pas la même quantité de poissons ! **Complète le tableau et réponds aux questions.**

Semaine du 8 au 14 juin 2015

OTARIES	*Kilos de poissons le lundi*	*Kilos de poissons le mardi*	*Kilos de poissons le mercredi*	*Kilos de poissons le jeudi*	*Kilos de poissons le vendredi*	*Kilos de poissons le samedi*	*Kilos de poissons le dimanche*	*Kilos de poissons par semaine pour chaque otarie*
Ouka	6	6	5	5	6	4	6	38
Bilou	10	9	10	8	9	10	9	6[illegible]
Anouka	3	3	3	4	3	4	4	24
Kamara	5	4	5	4	5	5	5	33
Kilos de poissons pour toutes les otaries par jour	24	22	23	21	23	23	24	......

A. Quelle otarie mange le plus de poissons dans une semaine ? Bilou

B. Combien faut-il préparer de kilos de poissons le mercredi ? 23

C. Combien faut-il préparer de kilos de poissons pour toute la semaine pour les quatre otaries ? 156

QUIZ

6

Coche la bonne réponse.

Lequel de ces requins n'existe pas ?

- [x] **A.** Le requin-ordinateur.
- [ ] **B.** Le requin-marteau.
- [ ] **C.** Le requin-baleine.

CHAPITRE 4

Du poisson au poison !

Alors que Charles est encore à quatre pattes en train de chercher son sac, la porte s'ouvre brusquement.

– Ahahah… ces animaux, grogne l'homme. Je les dééééétessste tous ! Je ne veux plus JAMAIS les voir ! Ahahah… Et les pires, ce sont les otaries ! Ces horribles bêtes, je ne les supporte plus !

En entendant ces mots, Charles se fige. Heureusement, l'homme ne l'a pas vu et il a juste le temps de se cacher sous une table.

– Huuummm… Je vais leur concocter un petit repas… morteeeeel pour me venger de toutes ces affreuses bestioles ! reprend l'homme en ricanant méchamment. Ces saletés d'otaries n'auraient jamais dû me pousser à l'eau pendant le spectacle… Surtout le jour où une équipe de télévision tournait un reportage pour le journal de 20 heures. À cause d'elles, je suis la risée[9] de toute la France…

Aussitôt, l'individu se baisse et attrape la boîte de granulés rouges. Il en mélange délicatement le contenu avec de la purée de poissons. Puis il verse la préparation dans un grand bol.

« Oh ! C'est lui qui empoisonne les animaux », pense Charles.

9. Être la risée de quelqu'un : se dit lorsque quelqu'un se moque de nous.

Au même moment, le téléphone sonne.

– Ouais, c'est Norbert… répond l'homme. Hein ? Un journaliste traîne dans les parages avec le directeur ? Aïe !

Charles ne peut s'empêcher d'être fier : le journaliste, c'est son père ! Mais rapidement, son visage s'assombrit. Il vient juste d'apercevoir son sac à dos, posé non loin du bol de nourriture empoisonnée.

« Impossible de le récupérer sans me faire remarquer. Pourvu que cet horrible type s'en aille… »

Mais Norbert parle toujours au téléphone.

– Je file m'occuper des deux dernières otaries*, j'ai intérêt à me dépêcher si je ne veux pas me faire pincer ! Ahahah, elles

* Attention à ne pas confondre **phoque** et **otarie** ! Les phoques se déplacent en rampant car leurs nageoires pectorales sont très courtes. Les otaries se déplacent en sautant ou en marchant grâce à leurs longues nageoires.

vont adooooorer ma petite recette ! continue-t-il sournoisement[10]. Merci pour le tuyau, Rita. On forme une belle équipe tous les deux !

Et sans perdre un instant, l'homme fourre le bol de purée de poissons dans le premier sac qui lui tombe sous la main. Puis il quitte la pièce.

10. Sournoisement : en cachant ce qu'on pense vraiment.

FRANÇAIS

1

Vrai ou faux ? Coche la bonne réponse.

VRAI	FAUX	
○	☒	Dans le local technique, Charles se cache derrière un rideau.
☒	○	Norbert est furieux car une équipe de télévision l'a filmé quand il est tombé dans l'eau.
○	☒	La complice de Norbert s'appelle Laura.

2

Dans chaque groupe, entoure l'intrus. MÉMO 3

1. Noms communs	*2. Noms propres*	*3. Noms propres*	*4. Noms communs*
poisson	Charles	Clovis	aquarium
poison	Norbert	Rita	crabe
ballon	Vénus	(poison)	otarie
(Norbert)	(otaries)	Charles	coquillage
phoque	Kim	Jeanne	(Charles)
raie	Boris		

Complète la phrase avec les intrus remis dans l'ordre.

Charles découvre que Nobert donne du poison aux otaries.

3

Charles n'a pas fini son exercice !
Complète les verbes avec les bonnes terminaisons au présent.

Tu nag*en*...... comme un poisson ! Norbert détest*e*...... les otaries. Rita et son copain prépar*e*...... un mauvais coup. Vous visit...... Océania. J'ador...... les escargots ! Nous observ...... les hippocampes.

4

Ce matin, Boris a posé une devinette à Charles !
Réponds aux questions.

Quels sont les 6 nombres à 3 chiffres différents que tu peux écrire en n'utilisant que 7, 9 et 5 ?

795 - 597 - 957 - 759 - 579 - 975

Range-les du plus petit au plus grand.

.... < .... < .... < .... < .... < ....

MÉMO 10

5

MÉMO 12

Séance de maths dans le camping-car !
Calcule ces soustractions.
Attention à ne pas oublier les retenues !

A. 741 + 378 = 1017

B. 684 − 343 = 441

C. 999 − 265 = 734

6

En utilisant ton compas, continue cette figure géométrique en traçant 3 ronds de la même taille, à partir des croix rouges.

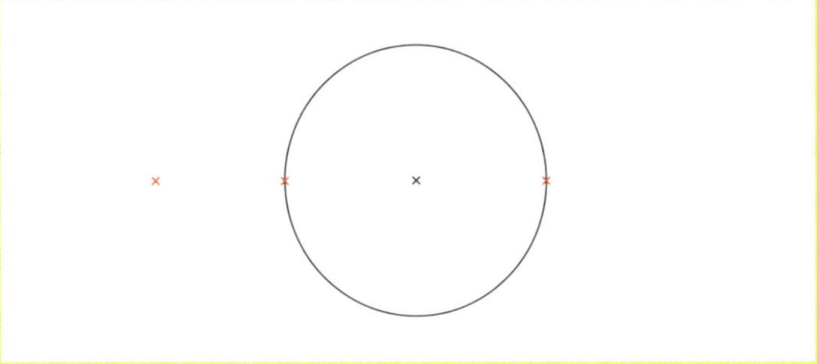

CHAPITRE 5

Agitation à l'aquarium

À l'autre bout d'Océania, c'est le bazar ! Les trois aînés n'arrêtent pas de s'asperger d'eau et de courir dans tous les sens. Kim a beau essayer de les calmer, rien n'y fait !

Quant à Clovis, il vient de tomber dans le bassin tactile ! Résultat, il est trempé de la tête aux pieds…

– C'est vraiment la dernière fois que l'on visite un aquarium, peste Kim.

– Je... Je... ne l'ai... pas fait... exprès ! répond le petit dernier en reniflant. Je me suis approché trop près du bord, je voulais toucher les raies*, et... et...

* Les **raies** sont des poissons au corps plat. Certaines espèces possèdent un dard dont la piqûre peut être mortelle, d'autres produisent de l'électricité mais celles que l'on peut toucher dans les bassins tactiles sont inoffensives !

– Et plouf ! dit Vénus en éclatant de rire.

– C'est... c'est pas drôle !

– Si, poursuit Jeanne, car maintenant tu as une grosse touffe d'algues sur le sommet du crâne !

Très énervée, Kim se retient d'exploser. Heureusement, Boris arrive.

– Eh bien ! Dès que j'ai le dos tourné, c'est la catastrophe ! constate-t-il en observant son fils. Toi qui voulais te baigner avec les poissons, c'est réussi !

Barnabé, Vénus et Jeanne sont pliés de rire et n'arrêtent pas de se moquer de leur petit frère.

CHAPITRE 3

– Tu as du nouveau sur cette mystérieuse maladie qui touche les animaux ? demande Kim, contente de changer de sujet.

– Non… J'ai interrogé quelques soigneurs : pour eux aussi, cette affaire est vraiment incompréhensible. Ils n'ont jamais vu leurs animaux si endormis… Mais… Où est Charles ?

– Il a oublié son sac devant l'aquarium des bernard-l'hermite, explique Kim.

Puis, en regardant sa montre, elle poursuit :

– Je me demande bien ce qu'il fabrique, cela fait plus d'un quart d'heure[11] qu'il est parti.

– Zig et Zag sont peut-être difficiles à retrouver… suggère malicieusement Vénus qui sait que son petit frère ne se sépare jamais de ses deux fidèles compagnons.

– Ne me dis pas qu'il a pris ses deux escargots

11. Un quart d'heure = quinze minutes.

avec lui !!! soupire Kim. Je le lui avais interdit !

– Ne t'inquiète pas, on va le ramener, avec ou sans Zig et Zag ! affirme Barnabé.

Et sans attendre, les trois aînés partent en courant à la recherche de leur petit frère.

FRANÇAIS

1

Replace ces mots au bon endroit dans le texte.

raies – crâne – bassin tactile – algues – bord – trempé.

Clovis est tombé dans le bassin tactile ! Il s'est approché trop près du bord en essayant de toucher les raies. Maintenant il est trempé, et il a une grosse touffe d'algues sur le sommet du crâne !

2

Entoure l'adjectif qui correspond au groupe nominal.

A. Une gros / grosse touffe d'algues.
B. Des affreux / affreuses bestioles.
C. Un escargot très mignon / mignonne.
D. Une mystérieux / mystérieuse maladie.
E. Des méduses brillants / brillantes.
F. Des vieux / vieilles poissons.

MÉMO 7

3

Charles adore les mots croisés !
Conjugue les verbes au présent à la personne demandée et place-les dans la grille.

A. Vieillir – tu
B. Finir – nous
C. Bondir – je
D. Bâtir – ils
E. Ralentir – elle
F. Choisir – vous

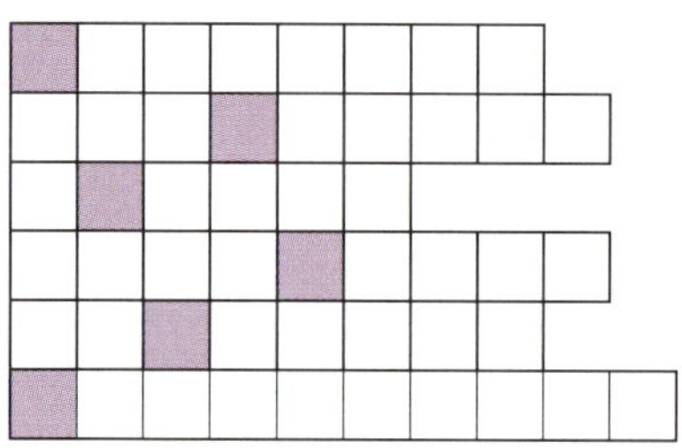

Remets les lettres des cases violettes dans l'ordre et tu trouveras le prénom de celui à qui il est arrivé une désagréable aventure !

....

MATHS

4

Sous chaque figure géométrique, écris la lettre correspondante à sa définition.

....

A. J'ai 3 côtés et 1 angle droit.

B. J'ai 4 côtés de même longueur et 4 angles droits.

C. Je suis un polygone à 5 côtés.

D. Je suis un quadrilatère dont mes côtés sont tous de longueur différente.

MÉMO 16

5

Kim s'inquiète car Charles est parti chercher son sac depuis un quart d'heure, et il n'est toujours pas revenu ! **À quelle heure est-il parti ? Complète la pendule et écris la réponse en dessous.**

1. Départ de Charles

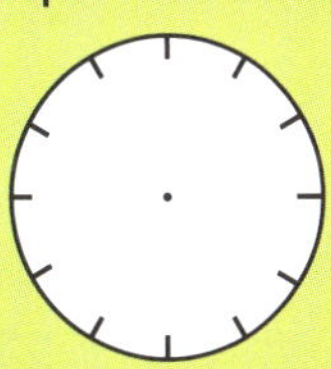

....

....

2. Kim regarde sa montre

quatre heures
moins le quart

QUIZ

6

Vrai ou faux ?

Chez les hippocampes, c'est le mâle qui porte les œufs et « accouche ».

◯ Vrai. ◯ Faux.

CHAPITRE 6

L'empoisonneur est démasqué !

« Nooooon, il part avec mon sac ! s'écrie intérieurement Charles en voyant Norbert quitter le local technique. Et il a mis le bol dedans ! Pauvres Zig et Zag… Pourvu qu'ils ne mangent pas la potion empoisonnée ! »

Sans faire de bruit, le petit garçon sort rapidement de sa cachette, bien décidé à récupérer ses escargots.

Discrètement, il suit l'homme à travers Océania. Celui-ci passe d'abord devant l'aqua-

Tunnel des requins

rium des méduses, puis longe la banquise des manchots. Enfin, d'un bon pas, il se dirige vers les bassins extérieurs. Depuis que les animaux sont tombés malades, les visiteurs n'ont plus le droit d'accéder à ce secteur, et Charles n'est pas rassuré.

« J'aurais dû prévenir papa et maman ! se dit-il. Mais maintenant, c'est trop tard ! Il faut absolument que je récupère mon sac, et aussi que j'empêche cet homme d'empoisonner d'autres animaux. »

Norbert pénètre dans l'espace réservé aux otaries. Charles le suit de près. Heureusement, l'homme, trop concentré sur sa vengeance, ne s'est pas aperçu de sa présence. Un méchant sourire sur les lèvres, il s'approche de trois otaries malades.

– Ah ah ! Vous n'êtes pas belles à voir, avec vos boutons rouges ! C'est bien fait pour vous ! dit-il.

Puis, le bol de purée empoisonnée à la main, il s'avance vers deux autres otaries.

– À votre tour ! ricane-t-il.

Au même instant, un bruit de cavalcade[12] retentit derrière Charles. Surpris, celui-ci voit Barnabé, Jeanne et Vénus accourir dans sa direction. Aussitôt, il leur fait de grands gestes pour les faire taire.

– Chuuuut... Ce n'est pas le moment de se faire repérer, leur murmure-t-il dès qu'ils parviennent à ses côtés.

– Se faire repérer par qui ? Et d'abord, qu'est-ce que tu fiches ici ? demandent-ils, un peu énervés. Ça fait dix minutes qu'on te cherche partout...

– Là... c'est... lui... explique le benjamin en désignant Norbert. C'est lui, l'empoisonneur !

12. Cavalcade : course rapide de nombreuses personnes.

Les trois aînés se ruent immédiatement vers l'homme qui s'apprête à nourrir une otarie. Comprenant qu'il est démasqué[13], celui-ci abandonne le sac de Charles, posé au sol, lâche le bol de purée et s'enfuit à toutes jambes. Charles ramasse son sac à dos, et s'arrête brusquement.

– Ooooh ! fait-il en fouillant l'intérieur de la grande poche, Zig et Zag ont disparu !

13. Être démasqué : se faire prendre, être découvert.

FRANÇAIS

Numérote les phrases pour les remettre dans l'ordre chronologique de l'histoire. 1

☐ **A.** Norbert lâche la potion empoisonnée et le sac quand il voit les enfants courir vers lui.

☐ **B.** Charles s'aperçoit que Zig et Zag ne sont plus dans son sac.

☐ **C.** Charles suit discrètement Norbert vers les bassins extérieurs.

☐ **D.** Norbert sort du local technique en emportant le sac de Charles.

Souligne en bleu les noms masculins et en rouge les noms féminins. MÉMO 4 2

une otarie – un requin – une algue – le manchot

un phoque – le poison – le sac – une maladie

la purée – une catastrophe – un animal.

Charles ne trouve pas la réponse à ces devinettes. **Aide-le en écrivant la bonne réponse après chaque consigne.** 3

sec – calme – tête – discuter – dernier – chuter.

Synonyme de **tomber** ....

Contraire de **premier** ....

Synonyme de **crâne** ....

Synonyme de **parler** ....

Contraire de **trempé** ....

Contraire de **énervé** ....

4

Complète le tableau.

− 100 → − 50 → − 10 → − 5 → − 1

999					
567					
879					
166					

5

Aide Charles à faire le tri ! **Entoure les résultats de la table de 3 et barre les autres.**

2 15 6 8 24 12 30

18 3 14 11 5 21 29 19

20 27 23 9

MÉMO 15

6

Reproduis le poisson et colorie-le si tu veux.

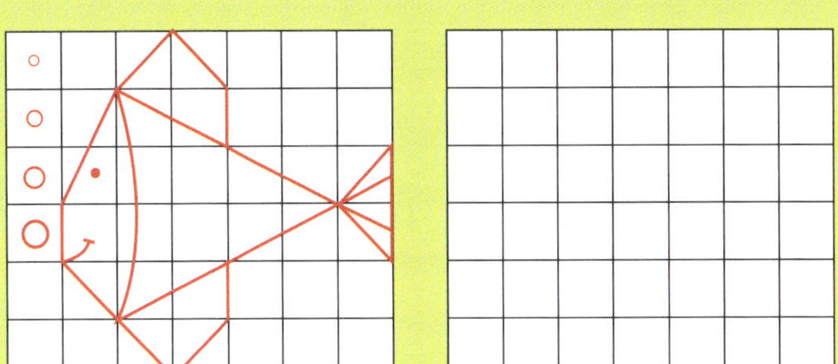

CHAPITRE 7

Course-poursuite !

– Il ne faut pas qu'il nous échappe ! s'exclame Barnabé en courant derrière Norbert.

– On va l'avoir ! renchérit Jeanne, elle aussi lancée à sa poursuite.

Sans le lâcher d'une semelle, les quatre enfants coursent Norbert à travers Océania. Les visiteurs qu'ils croisent s'écartent pour les laisser passer.

À toute allure, ils passent près du lagon[14] tropical et de l'espace aux tortues, puis traversent le tunnel aux requins*.

* Les **requins** ont une mauvaise réputation exagérée ! Les attaques de requins contre les humains sont rares : on compte moins de quatre blessures mortelles par an. En revanche, les chercheurs pensent que près de 100 millions de requins sont tués chaque année par les pêcheurs.

– Il file droit vers le bassin tactile, constate Barnabé.

– Super ! Papa sera là pour l'arrêter ! s'exclame Charles.

Norbert continue de cavaler comme un fou. Les enfants ont de plus en plus de mal à le suivre. En trombe[15], il pénètre dans la salle où se trouve le bassin tactile.

– Arrêtez-le ! hurle Vénus à ses parents. C'est l'empoisonneur !

Mais l'homme, qui ne s'avoue pas vaincu, bouscule rudement Boris et Kim qui tentent de se mettre en travers de son chemin. Furieux, Boris se jette sur Norbert en s'accro-

14. Lagon : espèce de lac.
15. En trombe : à toute vitesse.

chant au col de sa chemise. Peine perdue ! Ce dernier lui envoie un violent coup de coude dans l'estomac. Le souffle coupé, Boris lâche prise.

L'homme reprend sa course, et monte sur le rebord du bassin pour atteindre la sortie de secours.

– Attention Clovis ! hurle Kim. Écarte-toi, cet homme est dangereux !

Plutôt que d'obéir à sa mère, le petit garçon s'agrippe au pantalon de l'homme… Déséquilibré, celui-ci tombe à l'eau !

En tentant de se relever, il glisse sur les algues qui tapissent le bassin. Quand il se redresse enfin, une grosse raie est posée sur son crâne !

– Vous allez me payer ça ! hurle Norbert, fou de rage. Je déteste être ridiculisé !

– Génial, Clovis ! s'exclament ses frères et sœurs en sautant dans le bassin et en s'accrochant à Norbert pour l'empêcher de s'échapper.

Aussitôt, Boris vient prêter main-forte à ses enfants. Tous ensemble, ils maintiennent Norbert, fou de rage, au fond du bassin tactile.

Afin d'éviter que l'empoisonneur ne tente encore de s'échapper, Kim se dépêche de courir vers l'accueil pour prévenir le service de sécurité.

FRANÇAIS

1

Qui fait quoi ? **Entoure le prénom des personnages correspondant au pronom souligné.** MÉMO 6

A. Ils coursent Norbert à travers Océania.
Clovis – Charles – Vénus – Jeanne – Barnabé – Kim – Boris

B. Ils sont rudement bousculés par Norbert.
Clovis – Charles – Vénus – Jeanne – Barnabé – Kim – Boris

C. Il s'agrippe au pantalon de Norbert.
Clovis – Charles – Vénus – Jeanne – Barnabé – Kim – Boris

D. Elle va prévenir le service de sécurité.
Clovis – Charles – Vénus – Jeanne – Barnabé – Kim – Boris

2

Sors du labyrinthe **en passant par tous les mots au pluriel (pas de diagonale !).** MÉMO 2

requins	surprise	boutons	pattes	pensionnaires
tortues	raies	chevaux	hôtesse	poisons
enfants	yeux	manchot	poissons	journaux
crabes	chiens	carpe	granulés	aquarium
coquillages	sacs	bassin	étiquettes	maladies
escargots	animaux	directeur	problème	otaries

3

Charles s'est trompé : il a écrit toutes les phrases au singulier. **Écris-les au pluriel. N'oublie pas d'accorder le verbe avec le sujet !**

L'enfant cavale derrière Norbert.

....

Il passe près du lagon tropical.

....

Il traverse le tunnel aux requins.

....

Il arrive devant le bassin tactile.

....

4

Décompose les nombres suivants comme le modèle.

735 = 700 + 30 + 5

407 = ... 593 = ...

290 = ... 888 = ...

5

MÉMO 13

Indique sous chaque dessin la lettre correspondante, puis écris le résultat.

A. 6 x 2 ou 6 + 6 ou 2 + 2 + 2 + 2 + 2 + 2 = ...

B. 5 x 4 ou 5 + 5 + 5 + 5 ou 4 + 4 + 4 + 4 + 4 = ...

C. 5 x 3 ou 5 + 5 + 5 ou 3 + 3 + 3 + 3 + 3 = ...

6

Voici l'exercice préféré de Charles ! **En utilisant les opérations + et – et tous les nombres donnés dans l'ordre où ils sont écrits, trouve le résultat demandé en 3 étapes, comme dans l'exemple.**

19	**25**	**43**
10 / 5 / 5 / 1	**20 / 10 / 4 / 1**	**50 / 20 / 10 / 3**
10 + **5** = 15	....	....
15 + **5** = 20	....	....
20 – **1** = 19	....	....

CHAPITRE 8

Zig et Zag, héros du jour !

Alerté par le vacarme, le directeur arrive sur les lieux.

– C'est strictement interdit de se baigner ici ! gronde-t-il.

Puis, s'apercevant subitement de la présence de Norbert, il l'interroge du regard. Sans lui laisser le temps de répondre, Boris intervient.

– C'est lui qui empoisonne vos animaux ! explique-t-il.

– Norbert ? C'est ridicule ! C'est l'un de nos meilleurs dresseurs d'otaries, réplique le directeur.

– Si… c'est vrai, reconnaît piteusement[16] Norbert. Je n'ai pas supporté de tomber à l'eau la semaine dernière… Surtout devant toutes ces caméras ! Depuis, tous mes copains se fichent de moi !

– Eh bien, je ne t'imaginais pas si stupide et cruel… Tu t'expliqueras devant la police ! En tout cas, une chose est sûre : tu es viré !

– Il a aussi une complice, ajoute Charles, elle s'appelle Rita…

– Rita ? L'hôtesse à l'entrée d'Océania ! s'exclame le directeur, qui va de surprise en surprise.

16. Piteusement : honteusement.

– C'est ma fiancée, explique Norbert, elle voulait m'aider…

Pendant que les agents de sécurité appelés à la rescousse emmènent le coupable, les Balanchine et le directeur se précipitent vers l'accueil. Quand ils arrivent, Rita semble effrayée : installés sur le comptoir, Zig et Zag la tiennent en joue[17], les cornes pointées comme des pistolets.

– Je… je… déteste… les es… escargots*… sanglote-t-elle, ils me terrorisent !

– En prison, vous n'aurez plus ce problème ! dit le directeur en l'empoignant fermement.

* Les **escargots** sont lents, ça on le sait ! Mais quelle est leur vitesse ? Ils se déplacent à la vitesse moyenne de 1 millimètre par seconde, soit 3,60 mètres en une heure ! Vraiment pas rapide, tout ça…

Puis, se tournant vers les Balanchine, il reprend :

– J'ai vu le vétérinaire tout à l'heure. Il a

17. Tenir en joue : pointer une arme en direction d'une personne.

commencé à soigner les manchots et il m'a affirmé que tous les animaux allaient vite guérir. Ouf, tout est bien qui finit bien ! Et je dois vous remercier, car c'est un peu grâce à vous…

– Je me demande bien comment Zig et Zag sont arrivés là, jubile Charles en regardant ses deux fidèles compagnons, mais en tout cas, ils nous ont bien aidés à arrêter Norbert et Rita : ils sont vraiment trop forts, mes escargots ! Pas vrai, maman ?

Remets les lettres dans l'ordre et trouve un animal qui fait très peur à Rita !

1

O – R – C – S – E – A – G – T

....

À Océania, tout est bien qui finit bien…
Relie chaque sujet à son verbe.

2

A. Norbert et Rita •	• **1.** retrouvera ses escargots.
B. Tu •	• **2.** tiendrons le coupable.
C. Nous •	• **3.** t'expliqueras devant la police.
D. Charles •	• **4.** iront en prison.
E. J' •	• **5.** retournerez au camping-car.
F. Vous •	• **6.** appellerai des renforts.

Charles a fait n'importe quoi : il n'a pas réussi à écrire ces mots dans l'ordre alphabétique.
Range-les correctement.

3

escargot – Norbert – Rita – police – caméra.

....

....

....

MATHS

4

Colorie cette figure en respectant le code des couleurs. MÉMO 14

4 = rouge   6 = jaune   8 = vert
10 = bleu   12 = violet   14 = orange

double de 4	double de 7	moitié de 16
moitié de 12	double de 6	double de 3
double de 2	double de 5	moitié de 8

5

Observe le dessin et réponds aux questions.

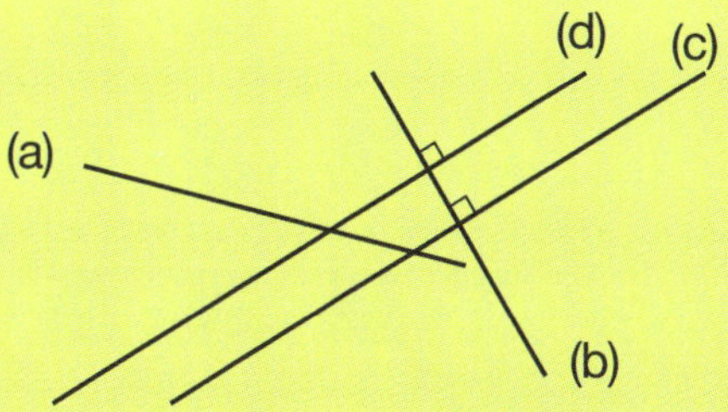

1. Quelle droite est parallèle à (d) ? ....

2. Quelle droite est perpendiculaire à (c) ? ....

3. Quelle droite n'est ni perpendiculaire ni parallèle à (d) ? ....

MÉMO 17

QUIZ

6

Coche la bonne réponse.

Lequel de ces poissons ne vit que dans les bassins ou les aquariums d'eau douce ?

◯ **A.** La morue.

◯ **B.** La sole.

◯ **C.** Le poisson rouge.

CORRIGÉS

CHAPITRE 1

FRANÇAIS

1 Charles va voir **des piranhas, des raies, des carpes, des otaries et des manchots.**

2 **A.** Cet après-midi, la famille Balanchine va visiter Océania.

B. Ils vont voir des piranhas, des raies, des phoques et des otaries.

C. Clovis demande : « Est-ce je pourrai me baigner avec les poissons ? »

D. Jeanne répond : « N'importe quoi ! Tu ne sais même pas nager ! »

3 aimer, creuser, hésiter, obéir, terminer, nager, marcher.
Le nom à trouver est **MANCHOT**.

MATHS

4 899 / huit-cent-quatre-vingt-dix-neuf / 800 + 90 + 9

305 / trois-cent-cinq / 300 + 5

769 / sept-cent-soixante-neuf / 700 + 60 + 9

371 / trois-cent-soixante et onze / 300 + 70 + 1

5

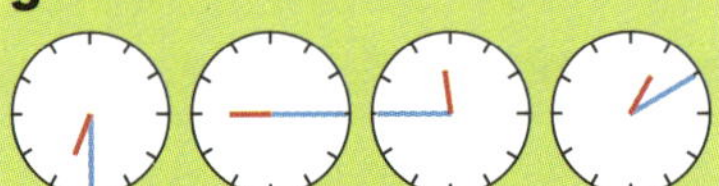

7 h 30	9 h 15	11 h 45	13 h 10
réveil	travail scolaire	balade sur la plage	départ pour Océania

QUIZ

6 **C.** La baleine peut mesurer près de 30 m et peser 170 tonnes (soit environ 48 camping-cars !), ce qui est beaucoup plus que le requin dont la taille maximale est de 20 m et le poids de 34 tonnes. Quant à l'éléphant, il fait figure de nain avec ses 7 tonnes.

CHAPITRE 2

FRANÇAIS

1 **B.**

2 **A.** Le spectacle d'otaries est annulé.

D. Océania est ouvert tous les jours !

3 **Demain**, le camping-car reprendra la route.
Hier, Vénus et Charles ont pêché des crevettes.
Aujourd'hui, les Balanchine visitent Océania.

MATHS

4

23	+	12	+	67	=	**102**
+		+		+		+
156	+	32	+	27	=	**215**
+		+		+		+
10	+	34	+	6	=	**50**
=		=		=		=
189	+	**78**	+	**100**	=	**367**

5

6

CORRIGÉS

CHAPITRE 3

FRANÇAIS

1 Sur la boîte de granulés rouges, il y a **une tête de mort.**

2 Les requins sont en bonne santé. Ils ne sont pas malades ! Au bassin tactile, Clovis joue avec les poissons. Charles ne retrouve pas son sac à dos. Il est inquiet car Zig et Zag sont à l'intérieur.

3 A. 3. / B. 4. / C. 1. / D. 5. / E. 1.

MATHS

4

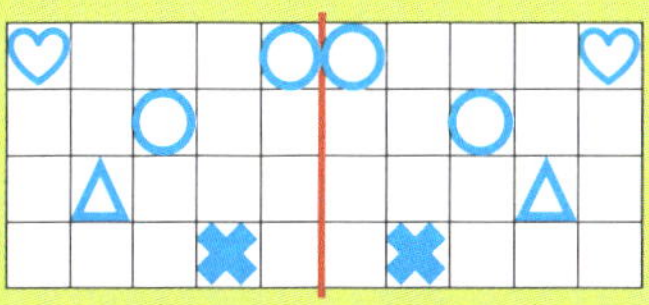

5 **Kilos de poissons à préparer par jour :** lundi : 24 ; mardi : 22 ; mercredi : 23 ; jeudi : 21 ; vendredi : 23 ; samedi : 23 ; dimanche : 24.

Kilos de poissons par semaine pour chaque otarie : Ouka : 38 ; Bilou : 65 ; Anouka : 24 ; Kamara : 33.

A. Bilou.
B. 23 kg de poissons.
C. 160 kg de poissons.

QUIZ

6 **A.** Il existe plus de 350 espèces de requins, le plus petit étant le requin-chat pygmée mesurant à peine 20 cm, soit la taille d'un petit cahier ! Certains ont des noms surprenants comme le requin-citron, le requin-tapis ou encore le requin-scie.

CHAPITRE 4

FRANÇAIS

1 **Faux** (il se cache sous la table).
Vrai.
Faux (elle s'appelle Rita).

2 Les intrus sont :
Norbert.
otaries.
poison.
Charles.
Charles découvre que **Norbert** donne du **poison** aux **otaries.**

3 Tu nag**es** comme un poisson ! Norbert détest**e** les otaries. Rita et son copain prépar**ent** un mauvais coup. Vous visit**ez** Océania. J'ador**e** les escargots ! Nous observ**ons** les hippocampes.

MATHS

4 Les 6 combinaisons que tu peux écrire sont :
597 – 579 – 759 – 957 – 795 – 975.

Dans l'ordre croissant :
579 > 597 > 759 > 795 > 957 > 975.

5 **A.** 741 − 378 = **363**

B. 684 − **243** = 441

C. 999 − 265 = **734**

6

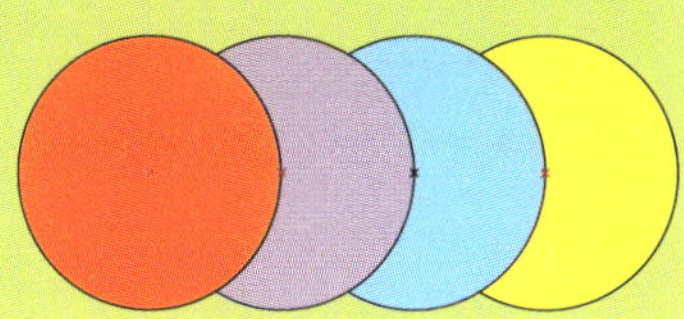

CORRIGÉS

CHAPITRE 5

FRANÇAIS

1 Clovis est tombé dans le **bassin tactile** ! Il s'est approché trop près du **bord** en essayant de toucher les **raies**. Maintenant il est **trempé**, et il a une grosse touffe d'**algues** sur le sommet du **crâne** !

2 Une gros / grosse touffe d'algues.
Des affreux / affreuses bestioles.
Un escargot très mignon / mignonne.
Une mystérieux / mystérieuse maladie.
Des méduses brillants / brillantes.
Des vieux / vieilles poissons.

3

V	I	E	I	L	L	I	S		
F	I	N	I	S	S	O	N	S	
B	O	N	D	I	S				
B	Â	T	I	S	S	E	N	T	
R	A	L	E	N	T	I	T		
C	H	O	I	S	I	S	S	E	Z

Le prénom à trouver est **CLOVIS**.

MATHS

4 **A.**  **B.** 

C.  **D.** 

5 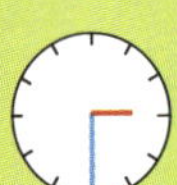

Charles est parti
à **trois heures et demie.**

QUIZ

6 **Vrai.** La femelle dépose une centaine d'œufs dans une poche située sur l'abdomen du mâle ; ce dernier les porte pendant quatre semaines avant de les expulser, exactement comme pour un accouchement !

CHAPITRE 6

FRANÇAIS

1 **1. D. / 2. C. / 3. A. / 4. B.**

2 une otarie – un requin – une algue – le manchot – un phoque – le poison le sac – une maladie – la purée – une catastrophe – un animal.

3 Synonyme de tomber › **chuter.**
Contraire de premier › **dernier.**
Synonyme de crâne › **tête.**
Synonyme de parler › **discuter.**
Contraire de trempé › **sec.**
Contraire de énervé › **calme.**

MATHS

4

999	**899**	**849**	**839**	**834**	**833**
567	**467**	**417**	**407**	**402**	**401**
879	**779**	**729**	**719**	**714**	**713**
166	**66**	**16**	**6**	**1**	**0**

5 Table de 3 : **3 – 6 – 9 – 12 – 15 – 18 – 21 – 24 – 27 – 30.**

Intrus : 2 – 5 – 8 – 11 – 14 – 19 – 20 – 23 – 29.

CORRIGÉS

CHAPITRE 7

FRANÇAIS

1 **A.** Charles, Vénus, Jeanne et Barnabé.
B. Kim et Boris.
C. Clovis.
D. Kim.

2

requins	surprise	boutons	pattes	pensionnaires
tortues	raies	chevaux	hôtesse	poisons
enfants	yeux	manchot	poissons	journaux
crabes	chiens	carpe	granulés	aquarium
coquillages	sacs	bassin	étiquettes	maladies
escargots	animaux	directeur	problème	otaries

3 **Les enfants cavalent** derrière Norbert. / **Ils passent** près du lagon tropical. **Ils traversent** le tunnel aux requins. / **Ils arrivent** devant le bassin tactile.

MATHS

4 735 = 700 + 30 + 5.
407 = **400** + **7.**
290 = **200** + **90.**
593 = **500** + **90** + **3.**
888 = **800** + **80** + **8.**

5 **BLEU. B.**
VIOLET. A.
ORANGE. C.

A. 12.
B. 20.
C. 15.

6

25	43
20 / 10 / 4 / 1	**50 / 20 / 10 / 3**
20 + 10 = 30	50 − 20 = 30
30 − 4 = 26	30 + 10 = 40
26 − 1 = 25	40 + 3 = 43

CHAPITRE 8

FRANÇAIS

1 ESCARGOT.

2 **A. 4. / B. 3. / C. 2. / D. 1. / E. 6. / F. 5.**

3 Caméra – escargot – Norbert – police – Rita.

MATHS

4

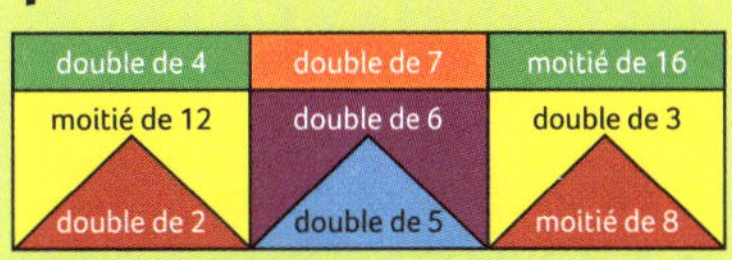

5 **1.** (c) ; **2.** (b) ; **3.** (a).

QUIZ

6 **C.** Dans le monde entier, ce poisson est considéré comme un animal domestique ; il est issu d'une espèce qui, à l'état sauvage, vit dans les rivières d'Europe et d'Asie.

MÉMOS

FRANÇAIS

1 LES FORMES AFFIRMATIVES ET NÉGATIVES

Toute phrase peut être :

- affirmative : *Charles est courageux.*
- négative : *Charles n'est pas courageux.*

Pour créer des phrases négatives, utilise les locutions ne... pas, ne... plus, ne... jamais, ne... guère, ne... rien, ne... ni... ni.

2 LE SINGULIER/PLURIEL

Un nom est soit au singulier, soit au pluriel.

Le singulier, c'est lorsqu'il y en a un seul. *Ex. : un enfant.*

Le pluriel, c'est lorsqu'il y en a plusieurs. *Ex. : des enfants.*

C'est le **déterminant** qui nous l'indique :
– **le, la, un, une...** est suivi d'un **nom au singulier** ;
– **les, des...** est suivi d'un **nom au pluriel**.

Au pluriel, la plupart des mots prennent un « s » sauf certains (les exceptions) comme *jeux, chevaux, travaux, bijoux, nez...*

Astuce : les « s » sont comme les verres de lunettes, ils vont par deux ! Quand le déterminant se termine par « s », le nom commun aussi...

Ex. : Les voleurs malins.

3 LES NOMS PROPRES ET LES NOMS COMMUNS

Le nom commun désigne une chose **en général**.
Il s'accompagne d'un petit mot (un déterminant), comme « le, la, un, des... ».

Ex. : un peintre, une œuvre, un château

Le nom propre désigne un prénom, un nom de famille, un nom de lieu **en particulier** (il ne concerne qu'une personne ou un lieu).
Il commence toujours par une majuscule.

Ex. : Léonard de Vinci, La Joconde, *Clos Lucé.*

4 LE MASCULIN/FÉMININ

On classe les noms en deux catégories : le féminin et le masculin. Un nom est précédé d'un déterminant.

Féminin	une	la	sa	cette
Masculin	un	le	son	ce/cet

Pour écrire un nom au féminin, on ajoute un « e » : *un ami, une amie*. Sauf les noms :

- **en eur** → euse, rice. *Ex. : un instituteur, une institutrice.*
- **en er** → ère. *Ex. : un boulanger, une boulangère.*

5 LES SIGNES DE PONCTUATION

.	Il termine la phrase.	C'est le point.
!	Il sert à s'exclamer, à parler fort, à crier.	C'est le point d'exclamation.
?	Il sert à poser une question.	C'est le point d'interrogation.
,	Elle permet de faire une pause, de respirer, à l'intérieur d'une phrase.	C'est la virgule.

6 LES PRONOMS PERSONNELS SUJET

Ils permettent de désigner ou de remplacer un nom et d'éviter les répétitions.

Ex. : Le sac *a disparu.* Il *a été volé !*

	1ère PERSONNE	2e PERSONNE	3e PERSONNE
SINGULIER	je	tu	il/elle/on
PLURIEL	nous	vous	ils/elles

7 L'ADJECTIF QUALIFICATIF

L'adjectif qualificatif est un mot qui donne des précisions sur le nom auquel il se rapporte.

un animal perdu - mon grand frère

Un nom peut être qualifié par plusieurs adjectifs.

Ex. : Le soigneur s'approcha des loutres terrorisées et apeurées.

Dans un groupe nominal, l'adjectif s'accorde en genre (masculin ou féminin) et en nombre (singulier ou pluriel) avec le nom.

un beau prince → *une belle princesse*

une belle princesse → *des belles princesses*

La plupart du temps, les adjectifs prennent un s ou un x au pluriel.

8 LE PRÉSENT ET LE FUTUR

	Être	Avoir	Aimer
Présent :	je suis tu es il/elle/on est nous sommes vous êtes ils/elles sont	j'ai tu as il/elle/on a nous avons vous avez ils/elles ont	j'aime tu aimes il/elle/on aime nous aimons vous aimez ils/elles aiment
Futur :	je serai tu seras il/elle/on sera nous serons vous serez ils/elles seront	j'aurai tu auras il/elle/on aura nous aurons vous aurez ils/elles auront	j'aimerai tu aimeras il/elle/on aimera nous aimerons vous aimerez ils/elles aimeront

Le présent exprime une action qui se déroule au moment où l'on parle (aujourd'hui...).

Le futur exprime une action à venir (demain...).

9 LES CHIFFRES ET LES NOMBRES

Pour écrire tous les nombres, on utilise 10 chiffres :
0, 1, 2, 3, 4, 5, 6, 7, 8 et 9.

Les nombres jusqu'à 9 sont composés d'un seul chiffre.

Les nombres suivants sont composés de plusieurs chiffres.

Il existe donc 10 nombres à 1 chiffre.

Les « mots-nombres » permettent d'écrire les nombres en lettres de zéro à mille.

Pour écrire les nombres de zéro à mille, on n'emploie que 24 mots ou mots-nombres.

Les 24 mots-nombres.

zéro	onze	vingt	cent	mille
un	douze	trente		
deux	treize	quarante		
trois	quatorze	cinquante		
quatre	quinze	soixante		
cinq	seize			
six				
sept				
huit				
neuf				
dix				

On sépare les différents mots avec un trait d'union.

Ex. : dix-sept, cent-trente-deux.

10 COMPARER ET RANGER LES NOMBRES ENTIERS

Comparer deux nombres consiste à savoir lequel est le plus grand.

< : plus petit que

Ordre croissant : du plus petit au plus grand.

Ex. : $1 < 4 < 5 < 9 < 12$.

> : plus grand que

Ordre décroissant : du plus grand au plus petit.

Ex. : $402 > 65 > 12 > 9$.

= : égal

Nombres de même grandeur.

Ex. : $20 + 4 = 12 + 12$.

MÉMOS

MATHS

11

L'ADDITION permet d'ajouter plusieurs nombres pour trouver leur somme. La somme est le résultat de l'addition.

Pour additionner deux nombres à trois chiffres,

on pose l'addition en respectant le rang de chaque chiffre : les unités sous les unités, les dizaines sous les dizaines et les centaines sous les centaines.

On additionne d'abord les unités (u) puis les dizaines (d) puis les centaines (c).

L'addition avec retenue

se pose de la même façon, en respectant le rang de chaque chiffre.

		c	d	u
		1	1	
		4	6	8
+		7	6	3
=	1	2	3	1

1. On additionne les unités : 8 + 3 = 11.
On pose 1 dans la colonne des unités et on retient 1 dans la colonne des dizaines.
2. On additionne les dizaines et la retenue : 1 + 6 + 6 = 13.
On pose 3 dans la colonne des dizaines et on retient 1 dans la colonne des centaines.
3. On additionne les centaines et la retenue : 1 + 4 + 7 = 12.
4. Le résultat est : 1 231.

12

LA SOUSTRACTION permet de calculer une différence entre deux nombres.

On place le plus grand nombre au-dessus et le plus petit nombre en dessous. On pose la soustraction en respectant le rang de chaque chiffre : les unités sous les unités, les dizaines sous les dizaines, les centaines sous les centaines.

	c	d	u
	7	4	9
–	4	2	5
=	3	2	4

1. On commence le calcul par les unités : 9 – 5 = 4.
Puis on fait la même chose avec les colonnes suivantes :
Dizaines : 4 – 2 = 2.
Centaines : 7 – 4 = 3.
2. Le résultat est : 324.

13

LA MULTIPLICATION permet de trouver rapidement le résultat d'une addition de nombres égaux. Attention, pour effectuer une multiplication à la place d'une addition, il faut que tous les termes de l'addition soient identiques.

Le résultat d'une multiplication s'appelle le produit.

Ex : 27 x 5 = 27 + 27 + 27 + 27 + 27.

		d	u
		3	
		2	7
x			5
=	1	3	5

On pose la multiplication en plaçant les chiffres selon leur rang : unités sous les unités, dizaines sous les dizaines.

1. On multiplie les unités : 7 x 5 = 35.
On pose 5 sous les unités et 3 dans la colonne des dizaines.

2. On multiplie les dizaines : 5 x 2 = 10 puis on ajoute le chiffre de la retenue : 10 + 3 = 13.

3. Le résultat est : 135.

14

LES DOUBLES

1 + 1 = 2	8 + 8 = 16	15 + 15 = 30
2 + 2 = 4	9 + 9 = 18	16 + 16 = 32
3 + 3 = 6	10 + 10 = 20	17 + 17 = 34
4 + 4 = 8	11 + 11 = 22	18 + 18 = 36
5 + 5 = 10	12 + 12 = 24	19 + 19 = 38
6 + 6 = 12	13 + 13 = 26	20 + 20 = 40
7 + 7 = 14	14 + 14 = 28	

15 LES TABLES DE MULTIPLICATION

2 x 0 = 0	3 x 0 = 0	4 x 0 = 0	5 x 0 = 0
2 x 1 = 2	3 x 1 = 3	4 x 1 = 4	5 x 1 = 5
2 x 2 = 4	3 x 2 = 6	4 x 2 = 8	5 x 2 = 10
2 x 3 = 6	3 x 3 = 9	4 x 3 = 12	5 x 3 = 15
2 x 4 = 8	3 x 4 = 12	4 x 4 = 16	5 x 4 = 20
2 x 5 = 10	3 x 5 = 15	4 x 5 = 20	5 x 5 = 25
2 x 6 = 12	3 x 6 = 18	4 x 6 = 24	5 x 6 = 30
2 x 7 = 14	3 x 7 = 21	4 x 7 = 28	5 x 7 = 35
2 x 8 = 16	3 x 8 = 24	4 x 8 = 32	5 x 8 = 40
2 x 9 = 18	3 x 9 = 27	4 x 9 = 36	5 x 9 = 45
2 x 10 = 20	3 x 10 = 30	4 x 10 = 40	5 x 10 = 50

16 LES FORMES GÉOMÉTRIQUES

Le carré

4 côtés
égaux.

Le cercle

Le triangle

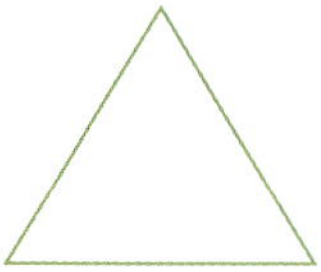

3 côtés.

Le rectangle

4 côtés égaux 2 à 2.

17 LES DROITES PARALLÈLES ET PERPENDICULAIRES

Deux droites sont parallèles lorsqu'elles ne se coupent jamais : (d) et (e) sont parallèles ; (e) et (f) ne sont pas parallèles car, si tu prolonges leur tracé, elles se coupent.

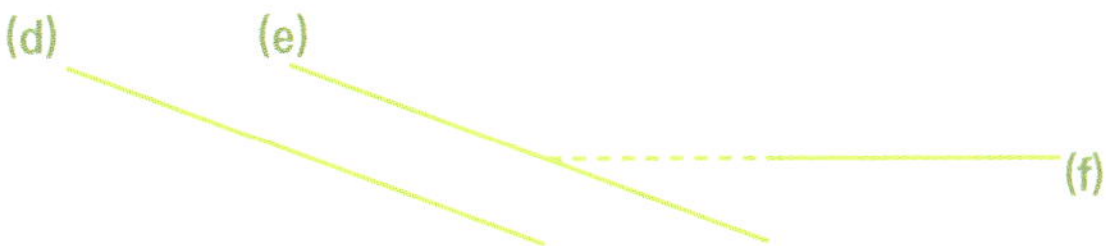

Des droites perpendiculaires sont des droites qui forment 4 angles égaux à l'endroit où elles se coupent.
Ces 4 angles égaux sont appelés des **angles droits.**
On les repère en utilisant une équerre.

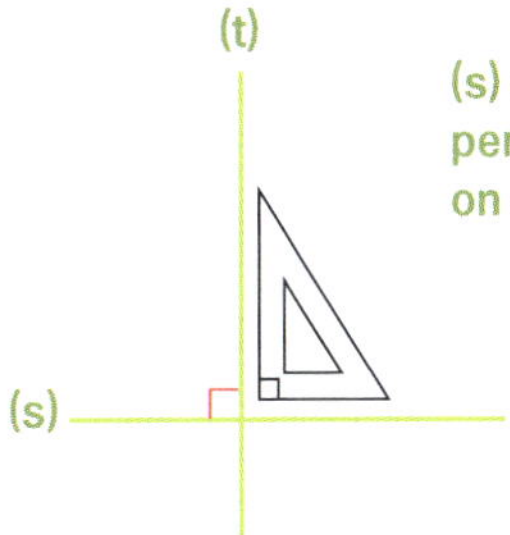

(s) et (t) sont perpendiculaires ; on écrit (s) ⊥ (t).

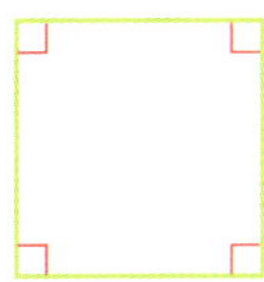

18 L'AXE DE SYMÉTRIE est la droite qui sépare deux figures symétriques.

Deux figures sont symétriques si :
- elles ont la même forme et les mêmes dimensions ;
- elles ont des orientations opposées ;
- elles sont situées à égale distance de l'axe de symétrie.

Certaines figures ont plusieurs axes de symétrie.

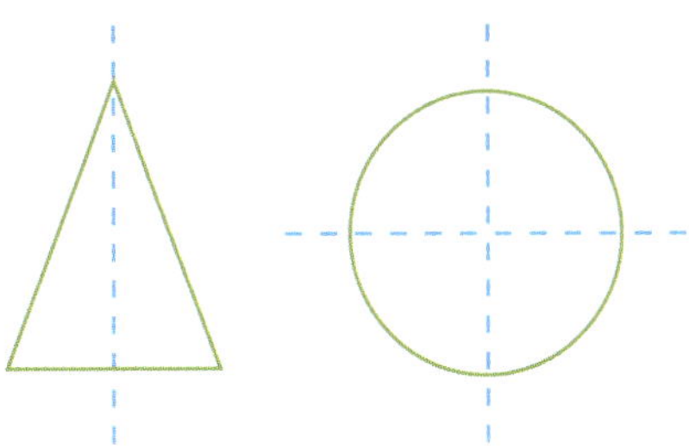

MÉMOS

MATHS

19 LA MONNAIE

1 euro/€

2 euros/€

5 euros/€

10 euros/€

20 euros/€

50 euros/€

100 euros/€

200 euros/€

20 L'HEURE

Il existe différents objets qui indiquent l'heure :
montre, réveil, pendule, horloge, téléphone portable...

On peut lire l'heure sous forme d'**affichage digital**, comme sur un réveil :

Ce nombre indique les heures.

Ce nombre indique les minutes.

Les horloges, les pendules et certaines montres indiquent l'heure avec des **aiguilles** sur un cadran.

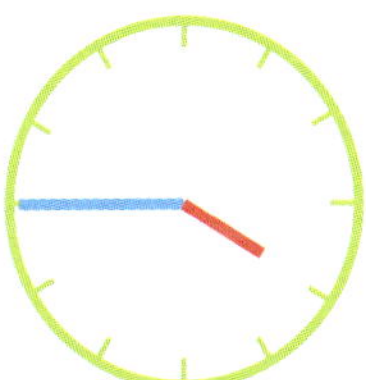

La petite aiguille indique les heures (1 à 12).
La grande aiguille indique les minutes (de 5 en 5).

Pour Gaby, ma fille, qui m'a inspirée
les personnages de Vénus et de Barnabé.
Pour Gérard, dont l'aide et les conseils
ont été précieux tout au long
de la rédaction de ce roman.
S. A.

REMERCIEMENTS
S. Brault, J.-L. Broust, G. Burrus,
M. Chebance, A.-S. Congar, C. Fleury,
L. et D. Maj, K. Marigliano, L. Pasquini,
C. Schram, M. Seger, M.-F. Wolfsperger.

14bis, rue des Minimes
75003 Paris
www.playbac.fr

ISBN : 9782809653458
Dépôt légal : mai 2015

Imprimé en Italie.

MIXTE
Papier issu de
sources responsables
FSC® C023419

Loi n°49-956 du 16 juillet 1949 sur les publications destinées à la jeunesse.